永遠でないほうの火

井上法子

新鋭短歌

永遠でないほうの火

これはつねにただひとりで、だが非人称的に語り、すべてを内部で語りながら外部そのものであり、それを聞けばすべてを聞きうるような唯一の場所に現存しているが、それは、どこにもないところであり、いたるところである。またこれは、沈黙した言葉である。なぜならこれは語る沈黙であり、聞きとりえぬ見かけだけの言葉と化した沈黙、あの秘密なき秘密の言葉と化した沈黙なのである。

——モーリス・ブランショ『来るべき書物』（粟津則雄訳　筑摩書房）

永遠でないほうの火　＊　目次

ゆめよりも青くて

かわせみよ　波は夜明けを照らすからほんとうのことだけを言おうか

もうずっとあかるいままのにんげんのとおくて淡い無二のふるさと

こころでひとを火のように抱き雪洞《ぼんぼり》のようなあかりで居たかったんだ

抱きしめる／ゆめみるように玻璃窓が海のそびらをしんと映せり

波には鳥のひらめきすらも届かないだろうか　海はあたえてばかり

終わったあとの火のさびしさを言い合えば火に泡雪を降らせる渚《なぎさ》

みずうみと海とがあった輝きのゆたかな抱擁を知っていた

渚から戻っておいで　微笑みも雪の匂いもわすれずおいで

ずっとそこにいるはずだった風花がうたかたになる　みずうみに春

貝合わせされてははぜる記憶たち　語るとすれば熱い未来を

詩は光りながら生まれるやさしさに目を閉じていて　ぼくに任せて

ひかりひとつ奏で終えても（ほら　ふるえ）にんげんは詩のちいさな湊《みなと》

紺青のせかいの夢を翔けぬけるかわせみがゆめよりも青くて

翠雨ぬけてきみのほうから飛び立ってきたのだというこころに　ここに

もう一度　のぞきこむこのまなうらに真っ青な羽ばかりうつるよ

ぼくたちのひたくれないの心臓をはべらせ薫風がやってくる
あかねさす瑞花《ずいか》を、春を見送って乗り遅れても拾える風だ

（ぼくは運命を信じない）たましいの約束だからきっと歌える

光り凪ひかり終えたら手探りでゆこうよ闇に目がなれるまで

望郷は呰ではなく剝きだしの目に海よりの風がしみるよ

舟を漕ぐしぐさは羽ばたきのそれに似てるね　こころ透きとおるのね

波に舟尾に泡ははじけてありがとう　ありがとう　空洞を守ってくれて

ああ水がこわいくらいに澄みわたる火のない夜もひかりはあふれ

耳ではなくこころで憶えているんだね潮騒、風の色づく町を

加速するけれどしずかなはなやぎを抱いて瞑《つむ》る　誰にも告げず

ぼくを呼んでごらんよ花の、灯《ひ》のもとに尊くてもかならず逢いに行くさ

もうどこにも寄らない。淡い風を抱き、駆けだしてゆくところか　夏は

つきをあらえば

透明なせかいのまなこ疲れたら芽をつみなさい　わたしのでいい

幼さを手ばなす夏の燈籠にてのひらと書くてのひらを書く

憧れは煮られないからうつくしい町のプールにかるがもが住む

むり　いちど呼気を掬えばウミヘビがわたしの願いどおりに釣れて

夏の鍋なべて煮くずれ　面影はいつだってこわいんだ夏の鍋

よく逃げる風景だから信号が光りっぱなし　　さびしい海だ

浮かぶもの輝いてゆけ　線路から駅長がさししめす燈籠

いえそれは、信号、それは蜃気楼、季節をこばむ永久のまばたき

こわくないぬくもりですか雨のようで涙のようでずっと拭けない

新聞を閉じれば雨の記事ばかり浮かんでにがい青の叙情が
うかんだりしずんだりしてさまよって手のなるほうへ霧笛を鳴らす

遠い日の濃霧警報　欲求をいつもしずめる鍋底の海

海からの呼び声を抱くこの日暮れ（こっそり消えてゆく春の季語）

月を洗えば月のにおいにさいなまれ夏のすべての雨うつくしい

小雨との会話を終える　その町の鳥のさいごの射影をおもう

ほの青い切符を噛めばふるさとのつたないことばあそびせつない

駅長が両手をふってうなずいて　ああいとしいね、驟雨がくるね

それぞれの影を濡らしてわたしたち雨だった、こんな雨だった

聴覚を雨にとられてなつかしい彼らの声が煮こごる　青く

うみいろの煮こごりを食む　鈴が鳴る　もうすぐここがはじまりになる

車窓から航路がみえる青いから痛むんだろうこの蜃気楼

押しつけるせかいではなくこれはただいとしいひとが置いてった傘

いつかこの形に慣れて霧雨を、青を、せかいを羽織るのだろう

風景がはかなく強く瞬いて　ことばはゆりかごになりますか

鍋底に濃霧が満ちる／この海の挨拶として霧雨がふる

旅立ちにこの海のいろ　最果ての線路沿いには光るてのひら

手を振って　こぼさないようこれからの季語をつつんであげられるよう

葉月尽いとしいひととふるさとと青には青の挨拶がある

おかえりなさい。花野へ

夜明けならなくてもいいよ夕映えのせかいの路地をきみにさずけて

ふでばこに金平糖をたんと詰め　光路（会いにゆくのよ）光路

選んでもらったお花をつけて光らずにおれない夜の火事を見にゆく

誕生日（はしゃいではだめ）これからをしまい込んでおく夢の棚

ここはわたしの国じゃないけど踏む銀杏　またおまえから数えてあげる

おしずかに。たとえ対岸にとどいてもかなしみはひた隠す水音

色づけてはならないものとして棚をひらいて　これが僕たちの空

さむくない音楽を聴く　きみが手をさしのべたからこの花曇り

悪さする（ことばをかくす）僕たちはあまねく町の戸棚をとじて

遠のいてゆく風船よおまえたちまぶしい楽章に飛んでゆけ

どんなにか疲れただろうたましいを支えつづけてその観覧車

夕映えのせかいでひとりぽっちでもうどんをいとおしくゆがくんだ

眼裏《まなうら》に散らす暗号　うつくしい日にこそふかく眠るべきだよ

よくねむる病気になってさみしくて睦月おかえりなさい。花野へ

永遠でないほうの火

枕木を踏まずにあゆむ夜の路《みち》　こわがらないで　光る？　ちょっとね

こころにも膜があるならにんげんのいちばん痛いところに皮ふを

畔には泡の逢瀬があるようにひとにはひとの夜が来ること

雨は海、晴れは炎の子どもたち（みんなが耀いていてつらい）

水に落ち水でしぬときすずなりの飛沫　弄ばないで生を

期待されてつらかったね蕾　泣かないように春雷を蒔く

スープずっと煮ていたかった冬の日に追いつけるならあぶない根も踏む

初夏よ　砕かれながら液体に近づくこころ思うミキサー

かえろうか（帰るわけには）そこは森、そして知らない花の花畠《はなばた》

その森はきまぐれだから気にせずに愛されている島にお戻り

雲のない空に吐息の寄付ひとつ　近づけば逃げてゆくお前たち

運命にしだいにやさしくなりひとは災いとしてすべてをゆるす

水晶をけずったような対話だね　まばゆい夏の岸を離れて
研げば研ぐほど自分のほうが傷ついて氷のようにひかる未来は

くべられる木々をおもえば蘇生する心をそえて蓮を寝かせに

すぐ溶けるくらげのために夜を敷きこどものままでそこに居たこと

どうしても花弁をほぐすのが苦行どうしても悪になりきれぬひと

おぼえてる？　途方にくれるときいつも見ているそれはたくさんの壁

しののめに待ちびとが来るでもことばたらず　おいで　足りないままでいいから

花かがり　逢えぬだれかに逢うために灯《ひ》の、まぼろしのときをつかえば

泣き虫の人魚を影はなぐさめに　寄り添うことで光となって
逆鱗にふれる　おまえのうろこならこわがらずとも触れていたいよ

ほっとした。影にも夜は訪れてくれる数多の灯《ひ》をひきつれて

もうこんな透明な傘ささないで、こころの真冬のやまいよこしな

煮えたぎる鍋を見すえて　だいじょうぶ　これは永遠でないほうの火

シャボン玉吹けばひとつの夜が浮かびそうして綴じることをゆるされる

できるだけ遠くへお行き、踏切でいつかの影も忘れずお呼び

これまでのあかりを空に送りだし　陽炎　きっと憶えているわ

さびしさのためにことばを枯らすようなあの森へもう行くことはない

日々は泡　記憶はなつかしい炉にくべる薪　愛はたくさんの火

めぐるときのさかなに

海に魚《うお》さざなみたてて過ぎてゆくつかいきれない可視のじかんの

水槽にうしろめたさのことなどを語る太ったくらげときみと

こんなにつめたくってもするんだね火傷　こころの海が荒れる　否、凪ぐ

きみがきみでなくなった日の遠い崖　かじかんでどうしても行けない

くれる?　そう　すこしだけなら　座礁する船をおもえばこくりこそよぐ

紙風船しずかに欠けて舞い上がる　月のようだねいつか泣いたね

箱舟にお乗り、 と言ってたましいを手放すいちめんのお花がこわい

淡い雨季だけどいけない費やしたものをこころの鎌で切っては

こうしていてもほら、陽だまりはちゃんとある　戻ろう　めぐるときのさかなに

〈おかえり〉がすき　待たされて金色のとおい即位に目をつむるのさ

toi, toi, toi

食むことは信じることさ逃げないでいいでしょう陽炎を見ていても

詩についてゆけないからだ痛がりの氷柱はうつくしいことばかり言う

蝶の飛躍のようにつめたい風を視る　ひとは氷雨のような目をして

けれどまだ愛されるためそこにいる（生きて）空き巣にねむる雛たち

白布。こころのたまり場になる白書。でも破れそうなら歴史をあげる

だんだん痩せてゆくフィジカルなぺんぎんが夢の中にも来る、ただし飛ぶ

post card

恐れ入りますが、切手をお貼りください

810-0041

福岡市中央区大名2-8-18
天神パークビル501

書肆侃侃房 行

フリガナ
お名前　　男・女　年齢　　歳

ご住所　〒

TEL(　　　)　　ご職業

e-mail：

※新刊・イベント情報などお届けすることがあります。　不要な場合は、チェックをお願いします→□
著者や翻訳者に連絡先をお伝えすることがあります。　不可の場合は、チェックをお願いします→□

□**注文申込書**　このはがきでご注文いただいた方は、**送料をサービス**させていただきます。
※本の代金のお支払いは、本の到着後１週間以内にお願いします。

本のタイトル	冊
本のタイトル	冊
本のタイトル	冊

愛読者カード

□本書のタイトル

□購入された書店

□本書をお知りになったきっかけ

□ご感想や著者へのメッセージなどご自由にお書きください

※お客様の声をHPや広告などに匿名で掲載させていただくことがありますので、ご了承ください。

◀こちらから感想を送ることが可能です。

書肆侃侃房　http://www.kankanbou.com　info@kankanbou.com

朝　といいあしたは光る途方もなくひかる　toi《きっと》, toi《うまく》, toi《いく》

ひかりながらこれが、さいごの水門のはずだと　さようならまっ白な水門

ためらわず花の匂いのゆびさきに　頰に　ほとばしるわたしたち

まなこにはまなこを　どんなこころよりまっすぐ落ちて来る花と水

はんぶんに折った春陽《はるひ》をくちにやりこれがせかいへの八つ当たり
心臓の痛いみんなを走らせる春風がやまないの。総じて

かわせみのように

ふいに雨　そう、運命はつまずいて、翡翠のようにかみさまはひとり

地続きのほのあかるさよ　にんげんの飽きっぽささえこんなに光る

激情をいつも拒んで責めないでぼくらに旋律があったこと

寒椿くびから落ちて　忘れよう　わすれようなまぬるい追い風

てのひらを　これは水晶のパロール。さだめだらけでとても乗れない

ときに写実はこころのかたき海道の燃えるもえてゆくくろまつ

こころをみぞおちの舟に乗せひとはなぜ唄おうとする　悲しみばかり

魚たちこわくはないよひるがえす汚水をひかりだらけと云って

サラダの中の豆腐くずれてまるでこれなんべんもなんべんも消える川べり

水を汲むように炎を組みあげる液体でないのだほんとうは海は

白昼夢　ゆれるたましい　海だから風だから憎まれないとでも
しろい花（たすけて）影のわたしからわたしへ蘭のおもかげはしる

むばたまに照らされる藤　むらさきのほむらのごとくそよぐこのほし

わたしのあとで肯いて

とうめいな不安が、で言いかけたまま　花雷　わたしたちはぬるいあし

後夜祭　さみしいうたげ　遠ざかるたび沁み透る風景がある

これからを語れることのよろこびも畏怖すらあおい西池袋

どのこころにも砂漠があって雛罌粟を見守ることがひかりのしごと

綴じるように触れ合うように羽を梳き、愛は日照雨《そばえ》のようにしずかだ

まっしろな気持ちばかりが駆け出して　ああ　あこがれ　と手をつなぐこと

あんまりきれいに降るものだから淡雪をほめたらなぜか冬風もよろこぶ

きみには言葉が降ってくるのか、と問う指が、せかいが雪を降りつもらせて

降りては来ない　あふれるのよ　遠いはかないまなざしからきっとここへ

くちをひらけばほとばしる火をかみくだき微笑んでほほえんで末黒野《すぐろの》

生みながら食む　火を歌いながら生きるよ　声を熾《おこ》しつづけて

冬の影　わたしのあとで肯いてきみが革命を語ればいいさ

ミザントロープ（初期歌片）

放課後の教室にひとり黒板にさくりさくりとけだるさを書き

吾《あ》の中の水平線にぽろぽろと零れ落ちてく春のくちづけ

一瞬が冴えゆく今朝の花冷えの四月は堕ちる夢をよく見る

無器用なわたしのためかいつまでも咲かないあれは誰のひまわり

乱暴に今朝を生きゆく羊たち海原の今日の白い挽き肉

エルメスの香水かぶりもぐりこむ夜半のカフェにはゆれるサイダー

名も持たぬ流星すべり落ちてゆく海よ彼らの自慰をみていて

いっせいにゆれる吊り革　うつむけば海鳴り、親指、ママン——拍手を

レーニンの保存死体よ吾《あ》の中で誰かがシーソーの片側に乗る

吾《あ》の中でシーソー揺れていてくれる　春の昏に満たされてゆく

心地よくアロエ果肉のなじみつつ半透明の夏がまた来る

はつなつの曇天、五感を持て余す深夜、（何かが臆病になる）

革命《フェト》

革命歌くちずさみをれはつなつの雨意は微かに自爆の予感

ぬくもりは影の横顔のみにあり　欲しい欲しいセント・ニコラスの肺

ふ、と発すくちべりきれいみずましのそらはこれより氷《ひ》の雨がふる

雨の来るようすはしずか秘めやかに水面にゆめをくちづけてゆく

少女、受胎の夜の月蝕つぎにくるはる（沈黙）の歌を忘れそ

母体のあっけない死の胎児抱かれて眼に在る革命《フエト》のそらのそらいろ

ミザントロープ

此は嫉妬　奇才よきみの言の葉の脈みどりみて栄ゆ光合成《エネトピア》

寝惑いの午後の読書よ初恋のひとの御顔を思い出せない

陶然として酔いたまえ花冷えの今日こそ伴天連磔刑日和

みりみりみりみりみりみりみりみりみりみ　大航海時代の春海余寒ひしめく

落下——かの磁気崩れ落ち黄昏のひかりは吾を抱く——華洛

〈人間嫌い《ミザントロープ》〉その存在の韻を踏み生きた賛歌を叫びたまえよ

第61回福島県文学賞青少年奨励賞「ミザントロープ」より

ラウンドアバウト

神様が夜を蹴飛ばしてひとふさの葡萄てわたす微笑みながら

積乱の意を喪った雲といて　秋　いよいよの雨意さびしいよ

冬がくるための玻璃窓指紋だらけ　風になれないぼくは泣きたい

雨滴雨滴みどりの空《くう》に散らばって咲くおまえたち＊＊皆殺し

群青を愛するあまりはつなつの硬貨おとしてしまった　運河に

花冷えの扉《と》が燃えていてわたくしにあらぬおみなごみながらしいろ

消えてゆくはずの予感に守られて砂糖菓子から美がやってくる

けれど風、だいすきな風　色盲の郵便夫とて虹はみえるよ

そのあかりのもとで、
おやすみ

かたくなな火はありますかわたくしの春にひとつの運河が消えて

煙草屋の黒猫チェホフ風の吹く日はわたくしをばかにしている

うそばかりつく青年も濡らされる人工降雨はかんばしいあめ

半熟の卵のようなわたくしを叱る春雨へ挨拶をする

変色の変形の傘振り翳しおおきく「チヨコレイト」は六歩

触れたのはてのひらだけではつなつのステーキ屋さんでステーキを食《は》む

性愛を匂わす影にひとひらの花弁を置いて感じないふり

堕ちてゆく河のようだね黒猫の目をうつくしい雨が濡らして

なぐさめてほしい人種が多すぎるこの惑星は滲んで見える

いつまでもやまない驟雨　拾ってはいけない語彙が散らばってゆく

チェホフの背骨がしろく透きとおりわたくしだけに吹け青嵐

青年に猫の轢死を告げられてことば足らずの風が

わたくしのしょっぱい指を舐め終えてチェホフにんげんはすごくさびしい

瞑ったらさいご　ひまわり、ひまわりのきいろは熱くないんだよチェホフ

ねむれないわたくしのためまっくろな煙草をくれる夫婦ふたりが

優しいと壊れてしまう　オクターブ外して秋のオルゴール鳴る

あのひとの影によく似たシャツの染み秋陽はこわいやさしさを吐く

オルゴールから雑音が消えそれはめずらしいほど雪の降る日で

発車前もらった煙草を吸う　ずっとねむれなかった惑星で吸う

おちついて目をとじなさい　きみのいるこの車窓から海が炎《も》えるよ

雪の舟とけてこれから花の模写　始まらないから終われなかった

目をとじて運河のことはそっとしておやすみよその灯りの下《もと》で

解説　原風景からの呼び声

東　直子

雨、海、川、霧、雪、スープ、涙……、井上さんの短歌には、繰り返し繰り返し、様々な姿の水のイメージがあらわれる。その水のイメージに付随するように、様々な「青」がうかびあがる。そのため、カワセミやガラス窓といった水ではない青いものも、水の気配を纏っている。その美しい青に光をあたえる存在として表題にも使われている「火」のイメージも多出する。それは人間のともす灯でもあるし、天空から降っている光でもある。

青い水と光。井上さんの描く言葉の世界は、この星全体を母体として、どこまでも広がる内的イメージを描き出すことを模索しているように思う。

もうずっとあかるいままのにんげんのとおくて淡い無二のふるさと

冒頭の二首目の作品である。「もうずっとあかるいまま」として描かれる場所は、過ぎ去った日の記憶の中に、あこがれや希望の象徴として永遠に存在し続けることを意味しているように思う。そのような「無二のふるさと」を希求し続けることが、不思議さと同時に強い印象を残す、井上さんの短歌創作の動機となっているような気がしてならない。それが青い水のイメージで覆われている。おそらく現実のふるさとも、海が近いのだろう。しかし、その作品世界は、「ふるさと」という言葉から連想される一般的な郷愁とは全く違う、独自の幻想性を帯びている。

ほの青い切符を噛めばふるさとのつたないことばあそびせつない
聴覚を雨にとられてなつかしい彼らの声が煮こごる　青く
葉月尽いとしいひととふるさとと青には青の挨拶がある

遠くから聞こえてくる声と青い色が、なつかしさを引き出す共通項目として描かれる。青い水の底から世界を眺めて声を聞いているような、感覚の遠さがじわじわと痛切さを帯びて迫ってくる。「青」で染められた「ふるさと」。ここには、作者の実生活や実体験につながる具体性は皆無である。しかし、現実から切り離された言葉の抽象化が行われた上で、その奥にある心理の生々しさは伝わる。この点に関しては、短歌というよりも現代詩を読んだときの感触に近い。実際、井上さんは、短歌と平行して現代詩の創作も続けている。短歌とのコラボレーションの詩作品もあり、この歌集にそれらの作品を収載することも検討したが、詩人でもある書肆侃侃房の田島安江さんとも討論した結果、この歌集には短歌作品のみを掲載することになった。実験的なものとして作品が消化されるより、個々のジャンルの集積の中で輝くことを第一としたのだった。

表現の形が自由な現代詩の中で井上さんは、ときにその思考を開放するかのように率直に主張する。しかし、短歌の韻律の中では、内面に問いかけたり、誰かにしずかに話しかけるような口調が目につく。定型の中に、声が隠《こも》っている。短歌の音楽性が、語りかけの口調を生理的に導いているのではないかと思うのである。

よくねむる病気になってさみしくて睦月おかえりなさい。花野へ

睦月と眠りが組み合わさると、冬眠のイメージが導き出される。「花野」は秋の花が咲く野のことなので、冬から秋へ、季節が春と夏をとばしてつなげられたことになる。句点が時間の経過を表現しているのだろうか。睦月は一月を示すとともに、人の名前のようにも見える。「おやすみなさい」と呼びかける相手は、普

遍的な誰かであり、記憶の中の自分自身でもあるのだろう。さみしさの満ちる中で「おかえりなさい」が切ない魂をなでる。

枕木を踏まずにあゆむ夜の路《みち》　こわがらないで　光る?　ちょっとね

線路を、枕木を踏まないように神経を配りながら歩いている。こわがっている人と、それを見守っている人がいるらしく、その先にはちょっと光るものがあるらしい。物語の行方を訥々とした会話に含ませる、静かな映画の一場面を見ているようである。しかしこの二人の登場人物は、自問自答を顕在化させた図でもあるのではないだろうか。

期待されてつらかったね蕾　泣かないように春雷を蒔く

蕾は、期待に応じた花を咲かせることができなかったのか。蕾の心に添いつつ、草冠を取ると現れる「雷」、それもまだ雷としては幼い「春雷」を慰めのために蒔くという、ファンタジックな広がりを見せる。上の句の呼びかけも、遠くへと飛ばして、結果的に自身の心にフィードバックされているように感じる。

つまり、これらの歌は共通して、普遍的な遠い場所へなげかけた慰めの言葉を、誰よりも欲しているのが言葉を投げた当人であり、そこに戻ってくるような仕組みになっている。そしてその深い慰謝の念が、その過程を読み解く読者にも降り注ぐ仕組みになっている。歌を読む深いよろこびが、ここにある。

井上さんは、高校生のときに塚本邦雄の短歌作品と出会い、歌作をはじめたという。その後早稲田短歌会に入会し、研鑽を積んだ。連作「永遠でないほうの火」は、二〇一三年の第五十六回短歌研究新人賞の次席作品に選ばれた。選考委員の間で、フレーズの魅力に対して共通した高い評価が出た上で、難解さが指摘された。この一連を一位に推した穂村弘さんは、その難解さも含めて「どこか精霊への呼び掛けめいた響きの魅力」を述べている。また、米川千嘉子さんは「現代の口語の文体で、全体に繊細にして不思議な粘り気があるのが面白い」と評している。言葉でうまく説明できない奇妙な魅力が、直感によって組み立てられている、ということを皆感じている。この感じは、先達の価値観を直接浴びて矯正されることのない、学生短歌会出身者の短歌作品の一つの傾向であるように思う。予測不能な短歌の未来へと続く道の先を、一人一人がひた走っている。その先端に今、井上さんがいる。

すぐ溶けるくらげのために夜を敷きこどものままでそこに居たこと

煮えたぎる鍋を見すえて　だいじょうぶ　これは永遠でないほうの火

サラダの中の豆腐くずれてまるでこれなんべんもなんべんも消える川べり

溶けるくらげ、消えてしまう火、くずれる豆腐と消える川べり。ほろんでいくもののイメージが通底しているが、これらは、永遠に存在してほしいと願う心の反語として書かれているのだと思う。はかなく失われていくものの美しさを感受し、言葉でそこに永遠性を与えようとしているのだ。それは、祈り、という言葉に置き換えてもいいかもしれない。

現在井上さんは、東京大学の大学院の博士課程に在学し、文学の研究に携わっている。以前私は、井上さんが立教大学大学院の修士課程に在籍されていたときの研究発表のコメンテーターとして参加したことがある。発表は、「永遠の炎《かぎろい》を見すえて」というタイトルで、短歌作品における私性とリアリズムについて、主に前衛短歌作品を中心に考察していた。その論理の鋭さに感嘆し、短歌という詩型に対する真摯な姿勢に打たれた。研究者として、そして実作者として、その才能が相互に影響しあって生み出される今後の作品も、とても楽しみにしているところである。

あとがき

現実の火が透きとおる一瞬がある。誰かが「火」と書くとき。
そして、誰かがその書かれた「火」を読むとき。
それは、いま、ここに在る「火」ではないというすべての「火」。
ここに、わたしは〈私〉を熾そう。

*

出逢ったすべての方たちに、感謝と敬意のことばを申し上げます。
文学の道へ導いてくださった齋藤貢先生、恵子先生。
研究の道を照らしてくださった伊藤氏貴先生、S先生、そして品田悦一先生。

実作、研究ともに心血をそそぐすべを示してくださった小野正嗣先生。
何より、背中を強くつよく押してくださった監修者の東直子さん。
出版の機会を与えてくださった田島安江さんと、書肆侃侃房のみなさま。
このうえない装丁を担当してくれた唐崎昭子さん、こと山中千瀬ちゃん。
切磋琢磨し合った学生短歌会のみなさま。物書きの友人たち。
生活を支えていただいている、ギンレイホールと、ギンレイの方々。
ずっとそばで微笑んでいてくれたウーパールーパーのデュシャン。
いとしいひとたち、愛おしいひと。
こころから、ほんとうに、ありがとうございます。

そしてわたしは信じよう、
出逢うべくしてそこにいる、あなたたちを、鋭い未来を。

井上法子

■著者略歴

井上 法子（いのうえ・のりこ）

1990年7月生まれ
福島県いわき市出身
明治大学文学部卒業
立教大学大学院修士課程修了
東京大学大学院博士課程在学中
2009年　早稲田短歌会入会
2013年　第56回短歌研究新人賞次席

Twitter : @kc_opium0

「新鋭短歌シリーズ」ホームページ　http://www.shintanka.com/shin-ei/

新鋭短歌シリーズ25

永遠でないほうの火

二〇一六年六月二十日　第一刷発行
二〇二二年十一月三十日　第三刷発行

著　者　井上 法子
発行者　田島 安江
発行所　株式会社書肆侃侃房（しょしかんかんぼう）
〒八一〇・〇〇四一
福岡市中央区大名二・八・十八・五〇一
TEL：〇九二・七三五・二八〇二
FAX：〇九二・七三五・二七九二
http://www.kankanbou.com　info@kankanbou.com

監　修　東 直子
装丁・装画　唐崎 昭子
DTP　黒木 留実
印刷・製本　株式会社西日本新聞プロダクツ

ISBN978-4-86385-223-5　C0092

新鋭短歌シリーズ ［第５期全12冊］

今、若い歌人たちは、どこにいるのだろう。どんな歌が詠まれているのだろう。今、実に多くの若者が現代短歌に集まっている。同人誌、学生短歌、さらにはTwitterまで短歌の場は、爆発的に広がっている。文学フリマのブースには、若者が溢れている。そればかりではない。伝統的な短歌結社も動き始めている。現代短歌は実におもしろい。表現の現在がここにある。「新鋭短歌シリーズ」は、今を詠う歌人のエッセンスを届ける。

58. ショート・ショート・ヘアー　水野葵以

四六判／並製／144ページ　定価：本体1,700円＋税

生まれたての感情を奏でる

かけがえのない瞬間を軽やかに閉じ込めた歌の数々。
日常と非日常と切なさと幸福が、渾然一体となって輝く。　──東 直子

59. 老人ホームで死ぬほどモテたい　上坂あゆ美

四六判／並製／144ページ　定価：本体1,700円＋税

思わぬ場所から矢が飛んでくる

自分の魂を守りながら生きていくための短歌は、パンチ力抜群。
絶望を嚙みしめたあとの諦念とおおらかさが同居している。　──東 直子

60. イマジナシオン　toron*

四六判／並製／144ページ　定価：本体1,700円＋税

言葉で世界が変形する。不思議な日常なのか、リアルな非日常なのか、穏やかな刺激がどこまでも続いてゆく。

短歌が魔法だったことを思い出してしまう。　──山田 航

好評既刊

●定価：本体1,700円＋税　四六判／並製／144ページ（全冊共通）

49. 水の聖歌隊
笹川 諒
監修：内山晶太

50. サウンドスケープに飛び乗って
久石ソナ
監修：山田 航

51. ロマンチック・ラブ・イデオロギー
手塚美楽
監修：東 直子

52. 鍵盤のことば
伊豆みつ
監修：黒瀬珂瀾

53. まばたきで消えていく
藤宮若菜
監修：東 直子

54. 工場
奥村知世
監修：藤島秀憲

55. 君が走っていったんだろう
木下侑介
監修：千葉 聡

56. エモーショナルきりん大全
上篠 翔
監修：藤原龍一郎

57. ねむりたりない
櫻井朋子
監修：東 直子